पुनः नहीं रेड राइडिंग हुड!

Not Again, Red Riding Hood!

Kate Clynes & Louise Daykin

Hindi translation by Awdhesh Misra

D1364149

MANTRA LINGUA

उस बुरे भेड़िये के साथ हुये कष्टकर अनुभव के पश्चात रेड राइडिंग हुड उद्यान मे खेल रही थी।

"रेड राइडिंग हुड," उसकी मॉ ने उसे बुलाया और कहा "मैंने कुकीज बनाये हैं आओ एक ले लो। पापा के लिये भी कुछ ले जाओ।"

रेड राइडिंग हुड अब भी जंगल में जाने के बारे में कुछ आशंकित थी। किन्तु मॉ को उसकी सहायता की आवश्यकता थी और पापा को कुकीज प्रिय थे। अतः वह जाने को सहमत हो गयी।

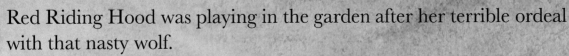

Red Riding Hood was playing in the garden after her terrible ordeal with that nasty wolf.
"Red Riding Hood," called her Mum, "I've made cookies, come and get one. Why not take some to Dad?"
Now Red Riding Hood still felt a bit nervous about going into the wood. But Mum needed her help, and Dad loved his cookies. So, she agreed to go.

Her Mum counted ten freshly made cookies into a basket. 2, 4, 6, 8, 10.
Red Riding Hood gave her Mum a big hug and off she went.

उसकी माँ ने गिनकर दस ताजे बने कुकीज एक टोकरी में रख दिये। २, ४, ६, ८, १०।
रेड राइडिंग हुड ने अपनी माँ से लिपटकर प्यार किया और फिर चल पड़ी।

वह अभी दूर नहीं गयी थी कि उसने एक मन्द आवाज सुनीः "रेड राइडिंग हुड, रेड राइडिंग हुड, क्या तुम्हारे पास कुछ खाने को है? मैं बहुत समय से इस मीनार में फॅस गया हूँ और बहुत भूख लगी है।"
"अपनी टोकरी नीचे उतारो," रेड राइडिंग हुड ने कहा, "मेरे पास तुम्हारे लिये एक ताजा स्वादिष्ट कुकी है।"

She hadn't gone far when she heard a small voice: "Red Riding Hood, Red Riding Hood, have you any food? I've been stuck up in this tower for ages and I'm starving."
"Send down your basket," said Red Riding Hood. "I have a delicious, freshly made cookie for you."

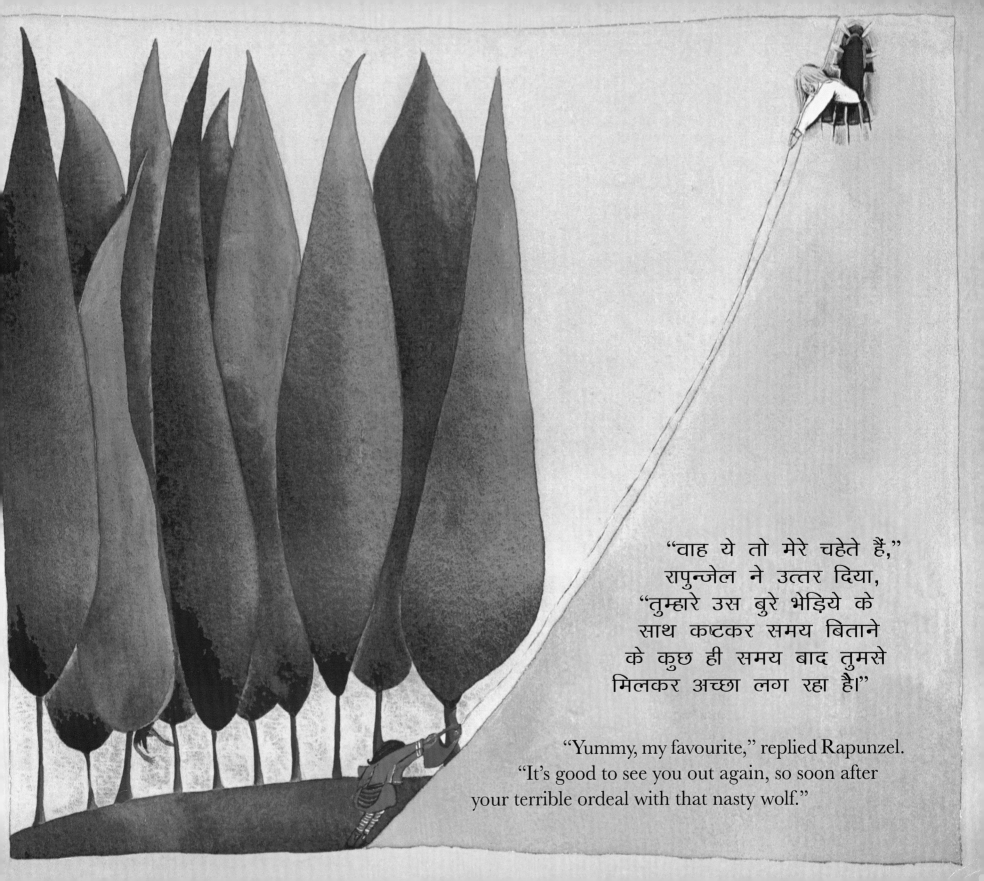

“वाह ये तो मेरे चहेते हैं,”
रापुन्जेल ने उत्तर दिया,
“तुम्हारे उस बुरे भेड़िये के
साथ कष्टकर समय बिताने
के कुछ ही समय बाद तुमसे
मिलकर अच्छा लग रहा है।”

“Yummy, my favourite,” replied Rapunzel.
“It’s good to see you out again, so soon after
your terrible ordeal with that nasty wolf.”

रेड राइडिंग हुड अपने पापा को ताजे
बने कुकीज देने के लिये पुनः चल पड़ी।
उसने अपनी टोकरी में झॉककर देखा।
१० घटकर ९ हो गया था!

Red Riding Hood set off again to deliver the
freshly made cookies to her Dad.
She looked into her basket.
10 had become 9!

कुछ समय पश्चात वह श्री एवं श्रीमती भालू के घर पर पहुँची। वे अपने बाग में रखे मेज के निकट बच्चे भालू के साथ बैठे हुये ३ खाली कटोरों में झॉक रहे थे।
“रेड राइडिंग हुड, रेड राइडिंग हुड, क्या तुम्हारे पास कुछ खाने को है? हम भूखे हैं। किसी ने हमारी सारी दलिया खा ली है!”

After a while she arrived at Mr and Mrs Bear’s house. They were sitting around their garden table with Baby Bear staring into three very empty bowls.
“Red Riding Hood, Red Riding Hood, have you any food? We’re starving. Someone’s eaten all our porridge!”

अब रेड राइडिंग हुड एक दयालु छोटी बच्ची थी और उसने एक ताजा बनी कुकी को प्रत्येक कटोरे में डाल दिया।

Now Red Riding Hood was a kind little girl and she popped one freshly made cookie into each of their bowls.

"अहा तुम्हे धन्यवाद," भालुओं ने कहा, "तुम्हारे उस बुरे भेड़िये के साथ कष्टकर समय बिताने के कुछ ही समय बाद तुमसे मिलकर अच्छा लग रहा है।"

"Oooooh, thank you," said the bears. "It's good to see you out again, so soon after your terrible ordeal with that nasty wolf."

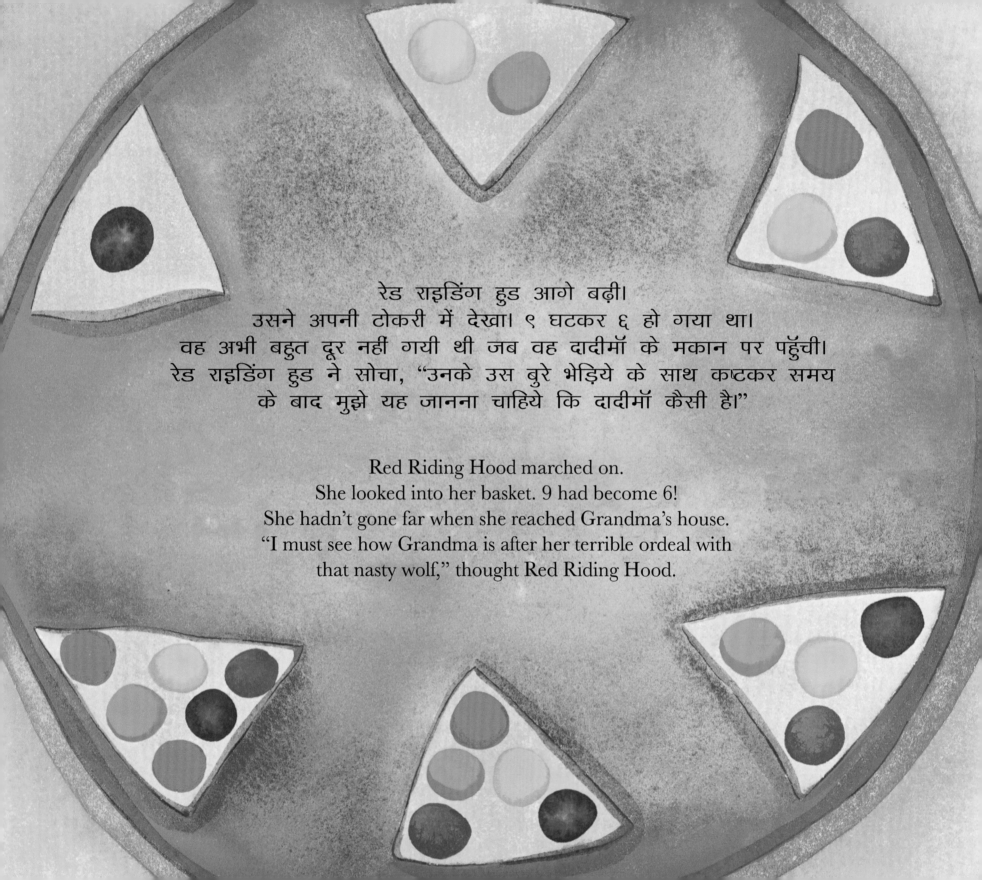

रेड राइडिंग हुड आगे बढ़ी।
उसने अपनी टोकरी में देखा। ९ घटकर ६ हो गया था।
वह अभी बहुत दूर नहीं गयी थी जब वह दादीमॉ के मकान पर पहुँची।
रेड राइडिंग हुड ने सोचा, "उनके उस बुरे भेड़िये के साथ कष्टकर समय
के बाद मुझे यह जानना चाहिये कि दादीमॉ कैसी है।"

Red Riding Hood marched on.
She looked into her basket. 9 had become 6!
She hadn't gone far when she reached Grandma's house.
"I must see how Grandma is after her terrible ordeal with
that nasty wolf," thought Red Riding Hood.

दादीमॉ बिस्तर में थी।
"दादीमॉ, दादीमॉ, तुम भूखी दिखाई पड़ रही हो," रेड राइडिंग हुड ने कहा।

Grandma was in bed.
"Grandma, Grandma, you look starving," said Red Riding Hood.

"मॉ द्वारा घर में बनाई हुयी एक कुकी आपको अवश्य खाना चाहिये। मैं पापा के लिये कुछ ले जा रही थी, और वे आपके एक खा लेने से बुरा नहीं मानेंगे।"
"प्रिय तुम्हें धन्यवाद," दादीमॉ ने कहा, "तुम एक सोचने वाली लड़की हो। अब दौड़ जाओ और अपने पापा को और प्रतीक्षा मत कराओ।"

"You must have one of Mum's home made cookies. I'm taking some to Dad, and he won't mind you having one."
"Thank you dear," said Grandma. "You are a thoughtful girl. Now run along and don't keep your father waiting."

रेड राइडिंग हुड ने दादीमॉ के गाल पर चुम्बन लिया
और अपने पापा को खोजने के लिये आगे बढ़ी।
उसने अपनी टोकरी में देखा। ६ घटकर ५ हो गया था।

Red Riding Hood gave Grandma a kiss on the
cheek and rushed off to find her Dad.
She looked into her basket. 6 had become 5!

कुछ समय बाद वह नदी के पास पहुँची। भूरी घास वाले एक जमीन के टुकड़े पर तीन दुबले-पतले बकरे लेटे हुये थे। "रेड राइडिंग हुड, रेड राइडिंग हुड, क्या तुम्हारे पास कुछ खाने को है? हमें भूख लगी है।"

After a while she reached the river. Three very scrawny billy goats were lying on a patch of rather brown grass.
"Red Riding Hood, Red Riding Hood, have you any food? We're starving."

"हम पुल पार कर हरी ताजी घास नहीं खा सकते हैं," उन्होने कहा। "एक बिल्कुल घटिया और भूखा ट्रोल हमें खा जाने के लिये प्रतीक्षा कर रहा है।"

"We can't cross the bridge to eat the lush green grass," they said. "There's a mean and hungry troll waiting to eat us."

"तुम बेचारों, कुछ घर के बने कुकीज खाओ,
वे स्वादिष्ट हैं। १, २, ३।"

"You poor things, try some home made cookies,
they're delicious. 1, 2, 3."

"तुम बहुत दयालु हो," बकरों ने कहा,
"तुम्हारे उस बुरे भेड़िये के साथ
कष्टकर समय बिताने के कुछ
ही समय बाद तुमसे मिलकर
अच्छा लग रहा है।"

"You're very kind," said the billy goats. "Nice to see you out again, so soon after your terrible ordeal with that nasty wolf."

रेड राइडिंग हुड दौड़कर आगे बढ़ी। उसने अपनी टोकरी में देखा। ५ घटकर २ हो गया था!
“अच्छा है कम से कम कोई बुरा भेड़िया यहॉ नहीं है,” रेड राइडिंग हुड ने सोचा। तभी...

Red Riding Hood ran on. She looked into her basket. 5 had become 2!
“Well at least there aren’t any nasty wolves around here,” thought Red Riding Hood. Just then…

...एक भेड़िया उछलकर उसके सामने आ गया।
“अच्छा, अच्छा, अच्छा!” भेड़िये ने कहा, “यदि मेरे भाई के साथ अपने भयंकर अनुभव के इतनी जल्दी बाद से रेड राइडिंग हुड बाहर तो नहीं आ गयी है? तुम्हें देखकर मुझे बहुत भूख सी लग आयी है।”
“मेरे कुकीज में से तुम्हें कुछ नहीं मिल सकता है,” रेड राइडिंग हुड ने डरकर कहा।

…a wolf jumped out in front of her.
“Well, well, well!” said the wolf. “If it isn’t Red Riding Hood out again, so soon after your terrible ordeal with my brother. Seeing you makes me feel rather peckish.”
“You can’t have any of my cookies,” squeaked Red Riding Hood.

"मैं कुकीज के बारे में नहीं सोच रहा था,"
उसकी ओर झपटते हुये भेड़िये ने गुर्रा कर कहा।

"I wasn't thinking about cookies,"
growled the wolf as he leapt towards her.

एक चीख सुनकर उसके पापा एक कुल्हाड़ी लिये हुये निकले।

Hearing a scream, her Dad appeared wielding his axe.

"भागो! रेड राइडिंग हुड भागो!" भेड़िये को भगाते हुये वे चिल्लाकर बोले।
"पुनः नहीं, रेड राइडिंग हुड," उसके पापा ने सोचा।

"Run, Red Riding Hood! Run!" he bellowed as he chased the wolf away.
"Not again, Red Riding Hood," thought Dad.

वे दोनों अपने कष्टकर अनुभव के बाद भूखे थे।
उसने अपनी टोकरी में हाथ डाला।
"एक आपके लिये और एक मेरे लिये," रेड
राइडिंग हुड ने कहा।

They were both hungry after their terrible ordeal.
She reached into her basket.
"One for you and one for me," said Red Riding Hood.

और तब कुछ नहीं बचा।

And then there were none.